Les

Cantilènes

OUVRAGES DU MÊME AUTEUR

LES SYRTES.

LA FEMME MAIGRE *(sous presse)*.

ICONOSTASE *(en préparation)*.

LES CONTES FALOTS *(en préparation)*.

EN COLLABORATION *avec Paul Adam*

LE THÉ CHEZ MIRANDA.

LES DEMOISELLES GOUBERT *(sous presse)*.

TIRAGE A PART DES CANTILÈNES

12 *exemplaires numérotés sur papier de Hollande.*

JEAN MORÉAS

Les

Cantilènes

Funérailles — Interlude

Assonances — Cantilènes — Le pur Concept

Histoires merveilleuses

PARIS

LÉON VANIER, ÉDITEUR DES *MODERNES*

19, QUAI SAINT-MICHEL, 19

1886

FUNÉRAILLES

Le soir n'est plus des ganses et de la danse.

Tel un petit vieillard qui tombe en enfance,
Nous prenons le goût des vieux colifichets :
Souvenirs flétris comme un jardin d'Octobre,
Rêves radoteurs, orgueils que vous fauchez,
Faux de l'Opprobre.

Si l'on te demandait où est tout le trésor de tes jours florissants, et si tu répondais que tout cela est dans tes yeux creusés, ce serait une honte dévorante et un stérile éloge.

SHAKESPEARE.

Roses de Damas, pourpres roses, blanches roses,
Où sont vos parfums, vos pétales éclatants?
Où sont vos chansons, vos ailes couleur du temps,
Oiseaux miraculeux, oiseaux bleus, oiseaux roses?

O neiges d'antan, vos prouesses, capitans!
A jamais abolis les effets et les causes;
Et pas d'aurore écrite en les métempsycoses
Baumes précieux, que tous des orviétans!

Surpris les essors aux embûches malitornes.
Les cerfs s'en sont allés la flèche emmi les cornes,
Aux durs accords des cors les cerfs s'en sont allés.

Et nous sommes au bois la Belle dont les sommes
Pour éternellement demeureront scellés...
Comme une ombre au manoir rétrospectif, nous sommes.

Voix qui revenez, bercez-nous, berceuses voix:
Refrains exténués de choses en allées,
Et sonnailles de mule au détour des allées.
— Voix qui revenez, bercez-nous, berceuses voix.

Flacons, et vous, grisez-nous, flacons d'autrefois:
Senteurs en des moissons de toisons recélées,
Chairs d'ambre, chairs de musc, bouches de giroflées
— Flacons, ô vous, grisez-nous, flacons d'autrefois.

En ce matin d'hiver et d'ombre, l'alouette,
En ce matin d'hiver, l'alouette est muette.
— Voix qui revenez, bercez-nous, berceuses voix.

Les lys sont coupés dans le jardin, et les roses;
Et les iris au bord des eaux, des eaux moroses.
— Flacons, ô vous, grisez-nous, flacons d'autrefois.

Le jardin était taillé comme une belle dame...

GILES FLETCHER.

Dans le jardin taillé comme une belle dame,
Dans ce jardin nous nous aimâmes, sur mon âme!
O souvenances, ô regrets de l'heure brève,
Souvenances, regrets de l'heur. O rêve en rêve

Et triste chant dans la bruine et sur la grève.
Chant triste et si lent et qui jamais ne s'achève;
Lent et voluptueux, cerf qui de désir brame,
Et tremolo banal, aussi, de mélodrame :

C'est la table rustique avec ses nappes blanches
Et les coupes de vins de Crète, sous les branches,
La table à la lueur de la lampe caduque;

Et tout à coup, l'ombre des feuilles remuées
Vient estomper son front bas, son front et sa nuque
Gracile. La senteur des fleurs exténuées
S'évapore dans les buées
Hélas! car c'est déjà la saison monotone,
L'automne sur les fleurs et dans nos cœurs l'automne.
Et ce pendant qu'elle abandonne
Ses doigts aux lourds anneaux à ma lèvre, j'écoute,
J'écoute les jets d'eau qui pleurent goutte à goutte.

Ses mains qu'elle tend comme pour des théurgies,
Ses deux mains pâles, ses mains aux bagues barbares;
Et toi son cou qui pour la fête tu te pares!
Ses lèvres rouges à la clarté des bougies;

Et ses cheveux, et ses prunelles élargies
Lourdes de torpeur comme l'air autour des mares;
Parmi les bêtes fabuleuses des simarres,
Vous ses maigreurs, vous mes suprêmes nostalgies;

O mirages que ma tendresse perpétue,
Échos fallacieux de l'heure qui s'est tue,
Malgré votre carmin et malgré vos colliers,

Et vos nœuds de brocart, et vos airs cavaliers,
Pauvres! vous êtes morts, ô vous tous, elle toute,
Elle toute et mon cœur, nous sommes morts, sans doute.

Pleurer un peu, si je pouvais pleurer un peu,
Pleurer comme l'orphelin et comme la veuve,
Et comme le pécheur naïf implorant Dieu.
Simple qu'il soit mon cœur, simplement qu'il s'émeuve.

Sur ma guirlande fanée et ma robe neuve
Tissée au ciel avec du blanc, avec du bleu,
Sur ma guirlande fanée emportée au fleuve,
Pleurer un peu, pouvoir pleurer serait mon vœu.

Mais, ce pendant que votre main cruelle et sûre,
Sûre et cruelle fait vibrer dans ma blessure
L'inexorable trait, Ma Dame, ma Douleur,

Il faut que je vous loue et que je vous célèbre,
Et que je tresse la gemme rare et la fleur
Dans vos cheveux qui sont couleur de la ténèbre.

En son orgueil opiniâtre,
Que d'un sceptre d'or se parât,
Que dans un habit d'apparat
Il eût des poses de théâtre,

Que, de sa prestance idolâtre,
Mît la perle de maint carat
Avec un ruban nacarat
Dans sa chevelure folâtre;

L'*inéluctable* vint à point
Tirer d'une main acharnée
La bride de sa destinée,

Briser son sceptre dans son poing,
Faire de sa pourpre une loque
Que le vent mauvais effiloque.

O les cavales hennissant au vent limpide,
Et les los de triomphe à l'entour des pavois.
Les cavaliers mordent la cendre, et je me vois
Tel un vaincu que la populace lapide.

L'ombre se fait suspecte et veuve des hautbois,
Et l'appareil n'est plus de la fête splendide;
Et tout à coup par un maléfice sordide
Des belles Dames se décharnèrent les doigts.

Lutter, pourquoi? quand l'étendard de la conquête
Claque aux remparts trahis; et faut-il qu'on s'entête
Sous les lustres obscurs à danser d'un pied tors?

J'entends pleurer comme des chordes sous des plectres,
Avec de pâles fleurs voici passer des spectres;
Et je voudrais mourir un peu, comme on s'endort.

Désir de vivre et d'être heureux, leurre et fallace,
Et monstre indéfectible aux têtes renaissantes,
Malgré l'automne et les couronnes marcescentes,
De courir tes hasards mon âme n'est pas lasse.

Car nous n'espérons point d'être jamais, hélas!
Le sage dont l'esprit sûr égorgea les sens;
Et nous avons au cœur cent taureaux mugissants,
Et la morgue ridicule des guérillas.

Que, pour un jour du moins, dure et lente rancune
Du Destin, laisse-toi fléchir par l'infortune
Et que j'aie un peu de trêve et de réconfort;

Que je cueille la grappe, et la feuille de myrte
Qui tombe, et que je sois à l'abri de la syrte
Où j'ai fait si souvent naufrage près du port.

Sous vos longues chevelures, petites fées,
Vous chantâtes sur mon sommeil bien doucement,
Sous vos longues chevelures, petites fées,
Dans la forêt du charme et de l'enchantement.

Dans la forêt du charme et des merveilleux rites,
Gnomes compatissants, pendant que je dormais,
De votre main, honnêtes gnomes, vous m'offrîtes
Un sceptre d'or, hélas! pendant que je dormais.

J'ai su depuis ce temps que c'est mirage et leurre
Les sceptres d'or et les chansons dans la forêt;
Pourtant, comme un enfant crédule, je les pleure,
Et je voudrais dormir encor dans la forêt.

Qu'importe si je sais que c'est mirage et leurre.

Par la douce pitié qui s'attendrit au pli,
Pourtant dur, de ta lèvre, inaccessible amante,
Saurais-tu donc effacer la marque infamante
Que la vie imprima sur mon front assoupli !

Sois, au moins, la main qui berce, et lorsque a faibli
Mon orgueil et, ce pendant que geint la tourmente,
Abrite-moi, comme d'une magique mante,
Des ténèbres de ta chevelure d'oubli ;

Et que de tes yeux la translucide prunelle
Me verse la fraîcheur et la paix solennelle
De la mare endormie en un lit de roseaux.

Mais surtout garde-toi bien close, et taciturne,
Tel que sous le soleil un augural oiseau.
— Car mon âme frémit de regarder dans l'urne.

Et j'irai le long de la mer éternelle
Qui bave et gémit en les roches concaves,
En tordant sa queue en les roches concaves;
J'irai tout le long de la mer éternelle.

Je viendrai déposer, ô mer maternelle,
Parmi les varechs et parmi les épaves,
Mes rêves et mon orgueil, mornes épaves,
Pour que tu les berces, ô mer maternelle.

Et j'écouterai les cris des alcyons
Dans les cieux plombés et noirs comme un remords,
Leurs cris dans le vent aigu comme un remords.

Et je pleurerai comme les alcyons,
Et je cueillerai, triste jusqu'à la mort,
Les lys des sables pâles comme la mort.

INTERLUDE

> Je vous annonce environ deux douzaines de lions rampants et d'ours mangeurs de miel. Que tout vivant prenne garde! car, quoique fantastiques, ils ne laissent pas de donner quelque crainte et d'exécuter des travaux d'Hercule avec des épées nues.
>
> LE TABLEAU DES MERVEILLES.

TOUTE LA BABIOLE

Voilà pourtant le but inepte des choses.

Les fins parfums de la jupe qui froufroute
Le long du trottoir blanc comme la grand'route.
Les lourds parfums de la lourde chevelure,
Nattes au dos, torsades sur l'encolure.

La pénitence après le péché, sans doute
L'orgueil, et l'avarice et l'envie, et toute
La babiole; et l'amour de la nature,
Et même la lune à travers la verdure;

Et même la lune et même l'espoir, cette
O cette folie! et le soleil, ses hâles,
Et la pluie, et la tristesse des jours pâles.

Et bouquets qu'on souhaite et bouquets qu'on jet
Et la bonne tiédeur des premières bûches,
Et sa gorge en les dentelles et les ruches.

LA LUNE SE LEVA

La lune se leva bizarrement cornue
Parmi les tulipiers au bout de l'avenue,
Ce soir. O la villa proprette et ses blancs murs,
Et son balcon de bois chargé de raisins mûrs.

O la brise d'été qu'embaumaient les ramures
En fleur, qu'embaumaient les pins et la haie aux mûres.
L'air de violon qui s'est plaint soudain : connu,
Air connu, très doux et comme ressouvenu.

Le vin que nous buvions sentait la peau de l'outre.
Je vous pris les deux mains, mais vous passâtes outre,
Ce soir, sur le balcon où grimpaient des muscats.

Pire que bonne vous fûtes et je fus sage.
Vous aviez un bouquet de cassie au corsage,
Et votre cou cerclé d'un collier de ducats.

GESTE

Alme fleur, fleur d'éden, hanebane d'enfer
Ta bouche, et tes seins lourds que d'or tissé tu brides!
— Nous allions par les bois pleins de monstres hybrides,
Toi de pourpre vêtue et moi bardé de fer.

Sous mon épée — alors — plus prompte que l'éclair,
Crânes fendus, les dos troués, les yeux stupides,
Tombaient les nains félons et les géants cupides.
Et les citoles des jongleurs sonnaient dans l'air.

— Docile au joug, qu'il eût fallu que j'abolisse,
J'ai trop longtemps humé la saveur du calice,
Quand l'ennemi veillait sur les quatre chemins.

Le palais fume encore et l'île est saccagée.
— Quel sortilège impur en guivre t'a changée,
Toi qui berçais mon cœur avec tes blanches mains?

NEVER MORE

Le gaz pleure dans la brume,
Le gaz pleure, tel un œil.
— Ah! prenons, prenons le deuil
De tout cela que nous eûmes.

L'averse bat le bitume,
Telle la lame l'écueil.
— Et l'on lève le cercueil
De tout cela que nous fûmes.

O n'allons pas, pauvre sœur,
Comme un enfant qui s'entête,
Dans l'horreur de la tempête

Rêver encor de douceur,
De douceur et de guirlandes.
— L'hiver fauche sur les landes.

LE RHIN

Les petits Elfes dansent, avec des plantes d'eau parmi leurs cheveux.

I

Aux galets le flot se brise
Sous la lune blanche et grise.
O la triste cantilène
Que la bise dans la plaine!
— Elfes couronnés de jonc,
Viendrez-vous danser en rond?

II

Hou! hou! le héron ricane
Pour faire peur à la cane.
Trap! Trap! le sorcier galope
Sur le bouc et la varlope.
— Elfes couronnés de jonc,
Viendrez-vous danser en rond?

III

Au caveau rongé de mousse
L'empereur à barbe rousse,
Le front dans les mains, sommeille.
Le nain guette la Corneille.
— Elfes couronnés de jonc
Viendrez-vous danser en rond?

IV

Mais déjà l'aurore émerge,
De rose teignant la berge,
Et s'envolent les chimères
Comme un essaim d'éphémères.
— Elfes couronnés de jonc,
Vous ne dansez plus en rond!

FLORENCE

Chi avvicina adesso?

DE L'AMOUR.

Le soleil brille et brûle
Dans un ciel indigo.
L'Arno coule très jaune
Sous le Ponte-Vecchio.

A Fiesole, aux Cascines,
Viale dei Colli,
Les marquises exquises,
Œil noir et teint pâli,

Adressent des sourires
Et des signes savants
Du fond de leurs calèches
Aux cavaliers servants.

Et dans la Ville-Neuve
Les sons des clavecins
Se mêlent aux prières
D'obèses capucins.

VIGNETTE

Elle mire au miroir son visage où neigea
La poudre odorante et que relève une mouche.
— On jurerait, vraiment, que le tuteur se mouche,
A côté, d'illicite façon. Mais déjà

Le Cavalier de fer de l'antique horloge a
Clamé le quart de cinq de sa stridente bouche.
Le griffon noir, que la camériste frisa
D'un art sûr, tout en taquinant une babouche,

Attend, sur le fauteuil ample, en velours d'Utrecht.
— Le corsage, à ramage. A traîne et zinzoline,
La jupe. Et, comme elle va sortir en berline

Découverte, elle pique avec un geste sec
Des asphodèles, dans sa chevelure belle,
Belle et bleue et parfumée et qui se rebelle.

MADRIGAL

Incarnate et dodue et narguant les chloroses,
Avec ta bouche rutilante et ton maintien
Impudique, et ton front que le remords chrétien
Ne saurait assombrir de hantises moroses;

Avec tes seins petits et tes hanches décloses,
Et tes cheveux tordus, tu représentes bien
Ce conventionnel amour, que l'art païen
— Mais le nôtre — para de rubans et de roses.

Or, je rêve d'un temple aux doriques piliers
Où grimpent les volubilis parmi les mauves;
Et dans le pur acier de tes prunelles fauves

Je vois des bois de myrte aux nymphes familiers,
Et des ruisseaux furtifs où boivent les dorcades,
Et qui coulent par mélodieuses saccades.

LE RUFFIAN

> Je ne suis pas laide et je suis riche; je saurai vous aimer et me montrer reconnaissante.

Dans le splendide écrin de sa bouche écarlate
De ses trente-deux dents l'émail luisant éclate.
Ses cheveux, pour lesquels une Abbesse l'aima
Jadis très follement, calamistrés en boucles,
Tombent jusqu'à ses yeux — féeriques escarboucles —
Et ses cils recourbés semblent peints de çurma.

II

Sa main de noir gantée à la hanche campée,
Avec sa toque à plume, avec sa longue épée,
Il passe sous les hauts balcons indolemment.
Son pourpoint est de soie, et ses poignards superbes
Portent sur leurs pommeaux, parmi l'argent en gerbes,
La viride émeraude et le clair diamant.

III

Dans son alcôve où l'on respire les haleines
Des bouquets effeuillés, les fières châtelaines,
Sous leur voile le front de volupté chargé,
Entassent les joyaux, les doublons et les piastres
Pour baiser ses yeux noirs vivants comme des astres
Et sa lèvre pareille au bétail égorgé.

IV

Ainsi, beau comme un dieu, brave comme sa dague,
Ayant en duel occis le comte de Montague,
Quatre neveux du pape et vingt condottieri,
Calme et la tête haute il marche par les villes,
Traînant à ses talons des amantes serviles
Dont l'âme s'est blessée à son regard fleuri.

INTIMITÉ

Les rumeurs des hommes et des choses
Comme un flot expiré se sont tues.
— Tes beaux desseins que tu prostitues,
O mon cœur, compte-les si tu l'oses.

Des détritus de bouquets de roses
Parfument les brises abattues.
— Compte tes fiertés condescendues,
Et tes vains essors aux ailes closes.

— Mais le doux ciel d'une nuit d'été
Bénit le sommeil de la cité;
Au sort, va, n'en gardons pas rancune:

Puisque la vie est un sottisier,
Que je fume en face de la lune
Ma bonne pipe de merisier!

ASSONANCES

MARYÔ

Auprès de la fenêtre,
Assise à son rouet,
Maryô file la laine
Avec ses doigts fluets.

Maryô file la laine,
La soie et l'or aussi,
Pour faire la ceinture
Du beau klephte Ralli.

— « Ne filez pas, la belle,
La soie et l'or ainsi,
Une autre l'infidèle
Va prendre dans son lit.

— Je veux filer la laine,
La soie et l'or aussi,
Qu'il prenne l'infidèle
Une autre dans son lit.

— Proche est la Pentecôte,
Maryô, le jour aussi
Où l'infidèle une autre
Va prendre dans son lit. »

Sa mère, sa grand'tante,
Et ses petits neveux,
Et ses trente servantes
Lui peignent ses cheveux.

Pour aller à l'église
On lui met sur le sein
La lune, et sur la bouche
Le rose du matin.

L'évêque est à l'église,
Et les diacres aussi :
Une autre l'infidèle
Va prendre dans son lit.

Maryô part à l'église,
La lune sur le sein,
Et sur sa bouche rose
Le rose du matin.

Et la voilà qu'elle entre
Dans ses habits dorés,
Les diacres et les chantres
Ne savent plus chanter!

— « Évêque, mon évêque,
Et vous diacres aussi,
Voilà, voilà ma femme! »
Dit le klephte Ralli.

« Évêque, mon évêque,
Et vous diacres aussi,
Jamais une autre femme
N'entrera dans mon lit! »

LA MAUVAISE MÈRE

Et le cœur se mit à parler du fond du plat.
CHANSON CANDIOTE.

Dans son jardin d'été,
Parmi les lauriers blancs,
Dans son jardin d'été,
Parmi les lauriers roses;

Dans son jardin d'été,
La belle se repose
Parmi les lauriers blancs,
Parmi les lauriers roses.

Assis à son côté,
Un étranger lui cause,
Lui cause tendrement
Parmi les lauriers blancs.

— « Mère, pourquoi causer
Avec un étranger,
Parmi les lauriers roses
Dans le jardin d'été !

— Au bord du fleuve bleu
Où mouillent les frégates,
Mon fils, va donc jouer
Avec tes camarades.

— Je vais dire à mon père
Que tu causais, ma mère,
Avec un étranger,
Dans le jardin d'été.

— Mon fils, viens dans ma chambre
Et je te donnerai
Du musc et des grains d'ambre,
Mon fils viens dans ma chambre. »

Elle l'égorge ainsi
Qu'un agneau le boucher,
Elle arrache son cœur,
Le donne au cuisinier.

Voilà que son mari
Par la plaine revient;
Il revient de la chasse
Avec ses vingt-deux chiens.

Il apporte des lièvres
Et des chevreuils tués;
Pour son fils il apporte
Un cerf apprivoisé.

— « Femme, dis à mon fils
De venir me trouver,
C'est pour lui que j'apporte
Le cerf apprivoisé.

— Ton fils est à jouer
Avec ses camarades;
Ton fils est à jouer,
Viens boire et viens manger. »

Elle lui verse à boire
Dans un vase d'argent
Et lui sert à manger
Le cœur de son enfant.

Et le cœur parle et dit :
« Qu'un mécréant me mange ! »
Et le cœur parle et dit :
« Que mon père m'embrasse. »

Il égorge sa femme
Avec ses propres mains,
Il arrache son cœur
Et le jette à ses chiens.

NOCTURNE

Wisst ihr warum der Sarg wohl
So gross und schwer mag sein ?
Ich legt' auch meine Liebe
Und meinen Schmerz hinein.

HEINRICH HEINE.

I

Toc toc, toc toc, — il cloue à coups pressés ;
Toc, toc, — le menuisier des trépassés.

« Bon menuisier, bon menuisier,
Dans le sapin, dans le noyer,
Taille un cercueil très grand, très lourd,
Pour que j'y couche mon amour. »

II

Toc toc, toc toc, — il cloue à coups pressés,
Toc, toc, — le menuisier des trépassés.

« Qu'il soit tendu de satin blanc
Comme ses dents, comme ses dents;
Et mets aussi des rubans bleus
Comme ses yeux, comme ses yeux. »

III

Toc toc, toc toc, — il cloue à coups pressés,
Toc, toc, — le menuisier des trépassés.

« Là-bas, là-bas près du ruisseau,
Sous les ormeaux, sous les ormeaux,
A l'heure où chante le coucou
Un autre l'a baisée au cou. »

IV

Toc toc, toc toc, — il cloue à coups pressés,
Toc, toc, — le menuisier des trépassés.

« Bon menuisier, bon menuisier,
Dans le sapin, dans le noyer,
Taille un cercueil très grand, très lourd,
Pour que j'y couche mon amour. »

AIR DE DANSE

I

C'est la belle aux yeux,
C'est la belle aux yeux de mûre,
C'est la belle aux yeux de mûre;
La belle aux cheveux,
La belle aux cheveux de mûre,
Aux cheveux soyeux.

II

Elle porte les habits,
Les habits dorés du Klephte,
Les habits dorés du Klephte;
Elle porte le fusil,
Le fusil doré du Klephte
Et le yatagan aussi.

III

« Pourquoi rire ainsi,
Compagnon, pourquoi donc rire?
Compagnon, pourquoi donc rire? »
La belle lui dit.
Il ne cessa pas de rire
Et lui répondit :

IV

« Je vois le soleil,
Je vois le soleil qui brille,
Je vois le soleil qui brille
Et ton sein vermeil,
Et ton sein vermeil qui brille
Comme le soleil. »

V

C'est la belle aux yeux,
C'est la belle aux yeux de mûre,
C'est la belle aux yeux de mûre;
La belle aux cheveux,
La belle aux cheveux de mûre,
Aux cheveux soyeux.

L'ÉPOUSE FIDÈLE

A la fraîche fontaine,
Sous le grand peuplier,
A la fraîche fontaine
S'arrête un cavalier.

Son noir cheval est blanc
D'écume et de poussière,
Il est blanc de la queue
Jusques à la crinière.

A la fraîche fontaine,
Sous le grand peuplier,
A la fraîche fontaine
S'arrête un cavalier.

— « La belle qui puisez
Dans le seau d'or cerclé,
Versez au cavalier
Et versez à la bête. »

Elle verse de l'eau
Sans relever la tête,
Elle verse de l'eau
Avec un long sanglot.

— « Qu'avez-vous donc, la belle,
A sangloter ainsi?
Avez-vous du chagrin,
Avez-vous du souci?

— Mon mari fait la guerre,
Voilà sept ans à Pâques.
J'attends encore un an
Et puis j'entre au couvent.

— Votre mari, la belle,
Est mort l'hiver dernier,
Et j'ai payé les chantres,
Les chantres et le prêtre.

— Si vous avez payé
Les chantres et le prêtre,
Je vous rendrai l'argent
L'argent et l'intérêt.

— Rendez-moi donc, la belle,
Rendez-moi le baiser
Que j'ai mis sur ses lèvres
Avant de l'enterrer!

— Comme des fleurs au vent
Mes baisers sont allés!
Je vous rendrai l'argent,
L'argent et l'intérêt.

— Réjouis-toi, la belle,
Car je suis ton mari.
J'ai dans mon escarcelle
Cent bagues de rubis.

— Pour les doigts de ma main
Vos bagues sont trop grandes;
Passez votre chemin,
Seigneur, et Dieu vous garde.

— Dans ton jardin le myrte
Fleurit même en octobre,
Une lampe d'ivoire
Brûle dans ton alcôve.

— Avec notre voisine
Vous avez bavardé.
Des signes de mon corps
Dites, et je croirai.

— Un joli signe blond
Frise à ton cou de lait,
Un autre orne ton ventre
Et seul je l'ai touché.

— Nourrice, ma nourrice
Va dresser notre lit,
Car c'est lui mon mari,
C'est lui mon bien-aimé! »

CANTILÈNES

LA COMTESSE ESMÉRÉE

Sur un cheval tout noir à la crinière rousse,
Il galope sur la mousse.

En toque de velours avec des plumes blanches
Il passe sous les branches.

Au galop! au galop! il passe sous les branches
Avec ses plumes blanches.

Au trot! au trot! au trot! et son grand lévrier
Saute près de l'étrier.

Il va pour épouser la fille de la reine,
La reine sa marraine.

Sur son cheval tout noir à la crinière rousse,
Il galope sur la mousse.

Assise à son balcon, sans page et sans duègne
La comtesse se peigne.

Et, quand elle sourit, des lys et des jasmins
Lui tombent dans les mains.

Avec un peigne d'or, sans page et sans duègne
La comtesse se peigne.

— « Beau capitaine qui passez, la mine fière,
Allez-vous à la guerre?

— Je vais pour épouser la fille de la reine,
La reine ma marraine.

— Comme un diamant bleu reluit ta barbe brune,
Mes cheveux sont clair de lune;

— Je vais pour épouser la fille de la reine,
La reine ma marraine.

— Et, lorsque je souris, des lys et des jasmins
Me tombent dans les mains... »

La belle dans ses bras, il passe sous les branches
Avec ses plumes blanches.

Sur son cheval tout noir à la crinière rousse,
Il galope sur la mousse.

Il n'épousera pas la fille de la reine,
La reine sa marraine.

AGHA VELI

Dans la salle de sa maison,
De sa maison aux cent fenêtres,
Avec ses pareils et ses maîtres
Il partage la venaison :

Parmi les fleurs des champs en gerbes
Ce sont des sangliers entiers,
Des chevreuils roux et des quartiers
De cerfs aux ramures superbes.

Les eunuques silencieux
Versent les liqueurs parfumées
Dans les fines coupes gemmées
Et dans les hanaps précieux;

Tandis que pour charmer la fête,
Des esclaves de Bassora
Dansent au son du tamboura
Avec un sabre sur la tête.

Un oiseau rose, oiseau joli,
Oiseau qui parle, tel un homme,
L'on ne sait d'où, l'on ne sait comme,
Il entre et dit : « Agha Veli,

Ta belle aux yeux bleus et ta blonde,
Ta blonde aux baisers de carmin,
On va la marier demain
Au fils du roi de Trébizonde. »

Il va trouver ses chevaux roux,
Tachetés comme une panthère,
Qui du sabot bêchent la terre,
La dent longue et l'œil en courroux.

— « Plus vite qu'un cerf dans la plaine,
Plus vite que l'aile du vent,
Bien avant le soleil levant,
Au bout du monde qui me mène? »

Un vieux cheval, cheval pur sang,
Aux flancs meurtris de mainte entaille
Dans le combat et la bataille,
Hume la brise en hennissant :

— « Plus vite qu'un cerf dans la plaine,
Plus vite que l'aile du vent,
Bien avant le soleil levant,
Au bout du monde je te mène. »

Ils laissent derrière les monts,
Derrière, ils laissent les montagnes,
Par les forêts, par les campagnes,
Ils passent comme des démons.

Les houx géants mordent la selle,
Et le sabot saigne au caillou,
Et dans l'air glacé le hibou
Les frôle, en fuyant, de son aile.

Ils laissent derrière les monts.
Derrière, la campagne brune,
Dans la rafale, au clair de lune,
Ils passent comme des démons.

Le pic où la Lamie hiverne
Est descendu sitôt monté,
Et le Dragon épouvanté
Frissonne au fond de sa caverne.

Ils vont, pareils à des démons,
Passant le gué, sautant le fleuve,
Ils vont, qu'il grêle, ils vont, qu'il pleuve,
Par les ravins et par les monts.

Le sang zèbre sa peau de bistre,
La vase lui monte aux mollets :
Voilà que le pont du Palais
Tremble sous leur galop sinistre.

Nul chant de luth répercuté
Dans la tourelle et sous les porches ;
De rouges languettes de torches
Oscillent dans l'obscurité.

Une procession arrive
Escortant un cercueil tout blanc.
Et Veli demande, tremblant
Comme le roseau sur la rive :

— « Les prêtres et les fossoyeux,
Dites, quelle est la jeune morte
Que dans ce cercueil on emporte
Couchée en ses cheveux soyeux ?

— C'est la belle aux yeux bleus, la blonde,
La blonde aux baisers de carmin ;
Elle allait épouser demain
Le fils du roi de Trébizonde. »

LA FEMME PERFIDE

Le plus jeune frère aima la femme de son aîné.

L'eau du bain perle encore en ses cheveux de jais.
Elle a mis pour sourcils le plumage des geais.

Elle a mis dans ses yeux le jaspe et l'hyacinthe.
D'argent tissé, de soie et d'or sa taille est ceinte.

De roses du rosier elle a plein ses deux mains.
Elle revient du bain à l'ombre des jasmins.

Quatre tours de sequins ornent sa gorge altière.
Elle revient du bain portée en sa litière.

— « O ma sœur, vous avez les yeux d'une houri.
N'être pas votre frère, être votre mari !

— Et si je suis ta sœur et femme de ton frère,
Va tuer mon mari, tu pourrais bien me plaire.

— Comment tuer mon frère ? Il faut une raison,
Il faut une raison pour cette trahison.

— Va le trouver et dis : Je veux que l'on partage ;
Pour moi la belle part je veux de l'héritage ! »

Il serre son khandjar, il monte son cheval,
Et hop et hop il va galopant par le val.

— « Kostandi, Kostandi, je veux que l'on partage :
Pour moi la belle part je veux de l'héritage.

— Sois donc heureux, mon frère, et n'aie aucun souci,
Pour toi la belle part, pour toi la mienne aussi. »

La bonté de son frère amollit son courage.
Le front sur les genoux il sanglote de rage.

Il serre son khandjar, il monte son cheval,
Et hop et hop il va galopant par le val.

— « Ma sœur, de l'eau, de l'eau que je lave ma lame
Du sang de ton mari, car il a rendu l'âme. »

Elle saisit un broc de vin clair, tellement
Dans sa joie effrénée elle a d'empressement.

Il la prend par sa longue et belle chevelure,
Et lui tranche, d'un coup, la tête à l'encolure.

La tête dans sa main, il monte son cheval,
Et hop et hop il va galopant par le val.

— « Mouds-la, meunier, et fais de la farine rouge,
Du fard pour la catin, et du fard pour la gouge. »

LA VEUVE

La jeune femme chante, au balcon assise,
Et sa triste chanson pleure dans la bise.
La jeune femme chante et tous les bateaux
Carguent leur voilure et baissent leurs drapeaux.
Un vaisseau de guerre, une grande galère,
Garde ses drapeaux et sa voilure entière.
« Baisse, mon vaisseau, baisse ton pavillon,
Car ce que je chante est bien triste chanson :

Il me fallait du lait de guivre, et la graisse
Du grand cerf nourri par la main de l'ogresse,
Pour guérir le mal de mon pauvre mari
Qui se tordait au lit malade et flétri.
Le temps de monter sur les rochers de neige,
Le temps de préparer pour la guivre un piège,
Le temps de revenir, mon pauvre mari
Qui se tordait au lit, malade et flétri,
La croix de la tombe a pris pour belle-mère,
Et pour épouse, hélas! il a pris la terre. »

LE PUR CONCEPT

Fi! du monitor attendu,
Et de l'éternel leurre, trêve!
Le philtre de la coupe brève
Sur la poussière est répandu;
Le philtre est bu par la poussière.

— Dans le crible de la sorcière
Qui donc regarder osera,
Regarder et s'y reconnaître!

— Sur ce qui fut ou qui sera,
Mon âme, fermons la fenêtre.

Le Burg immémorial, de ses meurtrières
Semble darder un œil dur sur les temps mal-nés,
Et de ses porches les silences obstinés
Recèlent les serments gardés et les prières.

Au jardin de la Fée où les échos sont tus
Du prime éveil qui se résorbe en l'immuable ;
Baume, elle, contre la vie irrémédiable,
S'ouvre la Fleur dispensatrice des Vertus.

Et c'est *ici* le beau Palais de la Huée
Où dansent les Coulpes en toquet de grelots.
— Tel le Burg, gésir d'austère silence clos;
Fleurir en soi, telle la Fleur insexuée.

Sous la rouille des temps je suis un vieux blason.
— Chère galère avec ta riche cargaison,
Es-tu prise à jamais dans les glaces du pôle ?
— Voici l'heure qui tinte et *la chanson du saule.*

Mon regard fatigué contemple l'horizon
Monotone, à travers les barreaux d'une geôle.
— Je suis l'herbe fauchée et l'arbre que l'on gaule.
— Voici l'heure, male heure, et la male saison.

Mais que me font ces fleurs qui meurent sur la tige,
Et ces parfums remémorés, et le vertige
Des royales splendeurs et des épiscopats;

Car mieux que dans la nuit close des sépultures,
Daimôn auguste du Concept, oh! n'ai-je pas
Trouvé l'oubli sacré, dans tes prunelles dures!

Les pâles filles de l'argile
S'en vont hurlant par les chemins,
Et dans un transport inutile
Sur leurs seins nus crispent leurs mains.

Lèvre vaine de ses carmins,
Orgueil de la hanche nubile :
Senteurs fugaces de jasmins.
O cette extase puérile!

TOI, dans qui j'ai constitué
Pour me consoler de la terre,
L'amour stérile et solitaire,

Dors ton sommeil impollué
Sous la pierre que ne soulève
Que la force occulte du rêve.

Dans le chêne rugueux sculptée
Tu gîs sur les feuillets du livre
Où ma patience s'enivre,
Tête de la décapitée.

Lorsque mon âme cahotée
Réclame en vain l'oubli de vivre,
Ta prunelle auguste me livre
La loi par le Destin dictée.

Et pour un instant le souci
Inexpugnable, et tout ceci
Qui rampe, fruste et périssable,

Se dispersent comme du sable;
Et mon esprit monte et descend
Dans l'air lucide et latescent.

La DÉTRESSE dit : Ce sont des songes anciens,
Des songes vains, les danses et les musiciens.
La tête du Roi ricane du haut d'une pique;
Les étendards fuient dans la nuit, et c'est la panique.

La DÉCRÉPITUDE dit : Êtes-vous fous, vraiment,
Vraiment, êtes-vous fous d'avoir encor cette pose,
D'avoir encor sur les dents ce sourire charmant,
Ce sourire devant le miroir, et cette rose
Dans votre perruque, ah! vraiment, quelle est cette pose!

Le TEMPS dit : Je suis le Temps, un et simultané,
Et je stagne en ayant l'air de celui qui s'envole,
Mirage fruste et kaléïdoscope frivole,
Je vous leurre avec l'heure qui n'a jamais sonné.

Alors MAYÂ, Mayâ l'astucieuse et la belle
Pose ses doigts doux sur notre front qui se rebelle
Et câline susurre : Espérez toujours, c'est pour
Votre sacre que vont gronder les cymbales vierges,
Et vous aurez l'or et la pourpre de Bedjapour,
Esclaves dont le sang teint les cordes et les verges.

HISTOIRES

MERVEILLEUSES

MÉLUSINE

Raimondin chevauche et son cheval l'emporte,
Les rênes au col, à travers les futaies.
Le vent berce sur l'eau l'ombre des futaies ;
Sur l'eau la lune est blanche comme une morte.

Moins blanc sur l'eau le clair de la lune flotte,
Moins blanc que le visage dolent du comte.
Bien dolent, bien dolent est le cœur du comte.
Dans la futaie et sur l'eau le vent soufflote :

« Les unes, sous les hauts hennins,
L'œil à mainte feintise idoine,
Aux traînes que portent des nains
Par les escaliers de sardoine;

D'autres, dont la grâce florit
Comme une branche neuve, et toutes;
Et la pucelle qui sourit
Au chevalier vainqueur des joutes :

Festins mentis aux affamés,
Promise nef qui soudain cule,
Leurres de fleuves tôt humés
Dans la hagarde canicule...

Indicible, et le front vêtu
De pierres gemmes en guirlande,
Par quel géant gardée es-tu
Aux grottes de Nortoberlande,

La prime et l'ultime, et pennon
Où l'aure des Promesses joue,
Et molette de bon renom
Brochant le Désir qui s'ébroue ! »

Le vent berce sur l'eau l'ombre du bouleau,
Le vent berce la blanche lune sur l'eau.

De la futaie une gente dame sort,
Très doucement elle chante un très doux chant;
Le comte a le cœur abusé du doux chant,
Le comte ne sait pas s'il veille ou s'il dort :

« Les papemors dans l'air violet
Vont, et blonds, et blancs comme du lait.
Blonde suis, blanche comme du lait,
En gone de velours violet.

Les diaspes et les caldonies
Dardent sur mes tresses infinies.
Mes pers yeux, mirances infinies,
Fanent diaspes et caldonies.

Feuilles et pétales parfumés,
Montent, montent les rosiers ramés.
Ainsi que fleurs aux rosiers ramés,
A mon buste mes seins parfumés.

Des citoles avec des saltères
Frémissent aux soirs des périptères.
Ma parole aux soirs des périptères
Fait taire citoles et saltères :

Targe sur les dangers ennemis
Et Bel-Accueil *ceux-là* sont promis,
Sire comte, à votre vœu promis
Plus haut que les Pensers ennemis. »

II

Le vent souffle, souffle à travers la boulaie.
Le cheval porte Raimondin, à sa guise.
Sans qu'il lui tire la bride ou le conduise
Le cheval galope à travers la boulaie.

Le comte est pâle comme un mort sous le heaume,
Sous le haubert dur son cœur garde une plaie.
Le vent souffle, souffle à travers la boulaie.
Elle frissonne au vent l'aigrette du heaume :

« Sur le haut lit par l'évêque bénit, et fleuri
D'écarlates tentures de Constantinople,
— Le si doux chant chantait juste, — la Dame a guéri
Mon cœur, de sa main, ambre de Constantinople,
De ses clairs yeux, écus d'or et de sinople.

Sur l'oreiller par l'évêque bénit, tout brodé
D'oisillons volants, sous les lambrequins en dôme,
— Le si doux chant chantait juste, — mon rêve a goûté
Parmi la pompe de sa chevelure en dôme,
Le sûr fruit de son corps, magistère et baume.

Las! las! trop tard, trop tôt la Male-Bouche parla;
Le Mal-Souci parla de Forfait et de Rite.
Mon Dieu, se pourrait-il, oh! se pourrait-il *cela*
Hideux simulacre et démoniaque rite,
Sur la couette par l'évêque bénite! »

Le vent berce sur l'eau l'ombre du bouleau.
De la futaie un triste, triste chant monte.
Le vent berce la blanche lune sur l'eau.
Il ne sait pas s'il veille ou s'il dort, le comte.

« Spectre clément à la Vie, et comme
De se voir réel il avait peur;
Ah! grand'peur il avait du labeur
Opiniâtre et failli de l'homme.

L'Anacampsérote au suc vermeil
Est éclose : au cœur las panacée;
Au flux de son aile cadencée
L'Iynge berce l'amer sommeil.

Mais le Jaloux, dont la voix incite,
S'essore des marges du Missel
Et dit : qu'il nous faut rompre le scel
De l'incantation illicite.

Alors c'est la chute et le confin
Du fier Palais qu'abritait la Nue ;
Et voici qu'Entélékhia nue
Rampe en le Jour vertical et vain. »

LA VIEILLE FEMME DE BERKELEY

Elle entendit geindre un corbeau pelé,
La vieille femme de Berkeley.

Elle l'entendit geindre sur sa tête,
Dans le val de Nith, pendant la tempête.

Et la vieille dit : « Je vais mourir,
Le moine mon fils, qu'on l'aille quérir;

Qu'on aille quérir ma fille la nonne.
Je vais mourir, et Dieu me pardonne! »

Son fils et sa fille nuitamment
Vinrent, amenant le Saint Sacrement.

La vieille tressaillit lorsqu'ils entrèrent,
Et ses yeux révulsés se dilatèrent.

La vieille crispa ses doigts maigris,
La vieille hurla d'effroyables cris :

« Ah! miséricorde! éloignez vite
Le Saint Sacrement, car je suis maudite.

J'ai mangé sans dégoût et sans remords,
Pendant le sabbat, de la chair de morts.

J'ai su le secret des philtres infâmes,
Et l'herbe qui fait avorter les femmes.

Pour raviver mes poumons gangrenés
J'ai humé l'haleine des nouveau-nés.

Bientôt de l'Enfer je serai la cible,
Et mon crime, hélas! est irrémissible!

Aspergez mon linceul d'eau sainte, et puis
Placez sur mon sein des branches de buis.

Que dans l'église une forte chaîne
Attache au pavé mon cercueil de chêne.

Que des cierges bénits en quantité
Baignent mon cercueil de leur clarté.

Que des prêtres récitent des prières,
Pendant trois jours, pendant trois nuits entières.

Que les gros bourdons aux lourds battants,
Que les bourdons sonnent fort et longtemps.

Ma fille, mon fils, faites de la sorte,
Pour préserver des démons la morte. »

La vieille femme se tut soudain,
Et son regard devint incertain.

Le sang se figea sous sa peau glacée.
La vieille femme était trépassée.

On l'aspergea d'eau bénite, et puis
On mit sur son sein des branches de buis.

Au milieu de l'église une chaîne
Solide fixa son cercueil de chêne.

De grands cierges blancs en quantité
Lui firent un nimbe de clarté.

Tout autour des prêtres récitèrent
La messe, et cinquante chantres chantèrent,

Et les gros bourdons aux lourds battants,
Les bourdons sonnèrent fort et longtemps.

La première nuit, la clarté des cierges
Fut pure ainsi que des regards de vierges.

Mais l'on entendit la voix des démons
Pareille au vent d'ouest balayant les monts.

Les prêtres récitaient la messe sainte,
Et leur zèle était mêlé de crainte.

Et plus fort toujours les battants battaient,
Et plus haut toujours les chantres chantaient.

Devant le cercueil le moine marmonne
Son rosaire, avec sa sœur la nonne.

Et le coq chanta dans le matin clair,
Et les démons s'enfuirent dans l'air.

La seconde nuit, un éclat sinistre
Vêtit les pécheurs d'ocre et de bistre;

Et l'on entendit l'ululement
Des démons monter plus distinctement.

Les cloches sonnaient à toute volée,
Les chantres chantaient l'âme désolée,

Et les prêtres priaient tout tremblants
Pâles et tremblants sous leurs surplis blancs.

Et rempli d'effroi le moine marmonne
Son rosaire, auprès de sa sœur la nonne.

Et le coq chanta dans le matin d'or,
Et les démons s'enfuirent encor.

La troisième nuit vint enfin. Livide,
Dans l'ombre où circule une odeur fétide,

La flamme des grands cierges consumés,
Oscille dans les lustres gemmés.

Au loin les démons dansent une ronde,
Et l'on entend leur voix, leur voix qui gronde

Pareille au vent d'ouest et pareille aux flots
Qui battent les caps et les îlots.

Et l'on entend leur bouche qui ricane
Comme une gueule de barbacane.

Et les prêtres restent tout tremblants
Tremblants et muets sous leurs surplis blancs.

Et la nonne et le moine son frère
Tombent la face contre la terre.

Et les cloches hélas! ne tintent plus,
Tant les sonneurs de terreur sont perclus.

Les Saints claquent des dents au fond des châsses.
Avec fracas s'écroulent les rosaces.

Flambeaux éteints et psaumes finis,
Gloire à l'Enfer et péchés punis!

Alors, brisant les verrous de la porte
Un Démon vient pour emmener la morte;

Un grand Démon à l'œil phosphorescent :
L'église semble rouge de sang.

A son appel, malgré cordes et chaîne,
S'ouvre à l'instant le lourd cercueil de chêne.

« Péchés punis, et gloire à l'Enfer!
Reconnais-tu messire Lucifer? »

La morte se leva blafarde et roide,
Son linceul trempé d'une sueur froide.

Sur la route un cheval les attendait
Qui par les naseaux des flammes rendait.

Le Démon fit monter la vieille en croupe,
Et partit au galop avec sa troupe.

Il partit au galop par des chemins
Dont le Roi Christus garde les humains !

TIDOGOLAIN

La Dame — en robe grivelée —
Par le verger s'en fut allée.
Belle de corps et d'air hautain,
Les yeux comme cieux du matin;
Au col un collier de cinq onces,
Et dans ses cheveux de jaconces
Un large cercle d'or battu,
Avec des pierres de vertu.

Or, portant le bracelet fidèle,
Un nain marchait à côté d'elle,
Un nain ni tant fol ni vilain
Qui avait nom Tidogolain :

« J'ai fin samit. Au doigt j'ai rubacelle,
J'ai daguette à pommeau de diamant.
De doubles d'or lourde est mon escarcelle :
Sur mon chapel et plume et parement.
Las! réjoui ne suis aucunement :
Que fait-il, Faste, et que fait Opulence?
Amour occit mon cœur de male lance.

J'ai destrier qui, sans qu'on le harcèle,
Bondit crins hauts et le naseau fumant;
Le frein de gemmes et d'argent ruisselle,
De pourpre est le caparaçonnement.
Las! sans armet, ma tête dolemment
Penche, et mon bras de fer est sans vaillance.
Amour occit mon cœur de male lance.

Anne, Briande, et Doulce la pucelle
Aux cheveux blonds, plus blonds que le froment,
Et la Dame de Roquefeuilh, et celle
Pour qui mourut le roi de Dagomant,
M'offrent joyeux réconfort; mais comment
Auraient-elles à mes yeux précellence?
Amour occit mon cœur de male lance.

Princesse, pouvez seule à mon tourment
Porter nonchaloir et allégement,
Car c'est de la tour de votre inclémence
Qu'Amour occit mon cœur de male lance. »

Ainsi chanta Tidogolain
Le nain ni tant fol ni vilain.
(Dans l'air tiédi de la venelle
Fluaient des senteurs de canelle,
De spicpètre et de serpolet.)
Et la Dame dit : Ce me plaît.

LA CHEVAUCHÉE DE LA MORT

La Mort chevauche dans la nuit, à travers la plaine.
Le vent de la nuit à travers la plaine halène;

Le vent halène dans les ajoncs et sur les prêles.
La Mort monte un hongre pie et borgne aux jambes grêles.

Et les trépassés sont pendus par la chevelure,
Sont pendus par les pieds, à la queue, à l'encolure,

L'encolure du hongre borgne qui caracole.
La Mort chevauche à travers la nuit, comme une folle.

Les vieillards disent : Bonne Mort, cesse un peu ta course,
Nous boirons, dans le creux de nos mains, à cette source.

Et nous — disent les beaux garçons et les belles filles —
Pour faire des bouquets nous cueillerons des jonquilles.

TABLE

TABLE

FUNÉRAILLES

Pages.

INTERLUDE

ASSONANCES

CANTILÈNES

LE PUR CONCEPT

HISTOIRES MERVEILLEUSES

Paris.— Typ. Paul Schmidt, 5, rue Perronet